CATALOGUE

D'UNE VENTE AUX ENCHÉRES PUBLIQUES

Pour cause de départ de M. TUITE, artiste-peintre

D'ENVIRON

60 TABLEAUX

PASTELS ET DESSINS

MARINES ET PAYSAGES EXÉCUTÉS D'APRÈS NATURE

PAR M. TUITE

AUTRES

TABLEAUX

Par Morel Fatio, Bright, Devries et Loutherburg

PLUSIEURS MODÉLES DE NAVIRES & USTENSILES D'ATELIER

ET DE SON

MOBILIER

Les Mercredi 18 et Jeudi 19 Mai 1859, à 1 heure

RUE DE MIROMÉNIL, 8

Par le ministère de Me CHARLES PILLET, Commissaire-Priseur,

Successeur de M. Bonnefons de Lavialle,

rue de Choiseul, 11,

Assisté de M. FEBVRE, Expert, rue Sainte-Anne, 60,

Chez lesquels se distribue le présent catalogue.

EXPOSITION PUBLIQUE

Le Mardi 17 Mai 1859, de 1 heure à cinq heures

—

1859

CATALOGUE

D'UNE VENTE AUX ENCHÈRES PUBLIQUES

Pour cause de départ de M. TUITE, artiste-peintre

D'ENVIRON

60 TABLEAUX

PASTELS ET DESSINS

MARINES ET PAYSAGES EXÉCUTÉS D'APRÈS NATURE

PAR M. TUITE

AUTRES

TABLEAUX

Par Morel Fatio, Bright, Devries et Loutherburg

PLUSIEURS MODÈLES DE NAVIRES & USTENSILES D'ATELIER

ET DE SON

MOBILIER

Les Mercredi 18 et Jeudi 19 Mai 1859, à 1 heure

RUE DE MIROMÉNIL, 8

Par le ministère de Me CHARLES PILLET, Commissaire-Priseur,
Successeur de M. BONNEFONS DE LAVIALLE,
rue de Choiseul, 11,

Assisté de M. FEBVRE, Expert, rue Sainte-Anne, 60,

Chez lesquels se distribue le présent catalogue.

EXPOSITION PUBLIQUE

Le Mardi 17 Mai 1859, de 1 heure à cinq heures

1859

CONDITIONS DE LA VENTE.

Elle sera faite au comptant.

Les Adjudicataires paieront cinq centimes par franc, applicables aux frais, en sus des enchères.

DÉSIGNATION

DES TABLEAUX

Peints par M. TUITE

1 — Naufragés, sur des rochers, donnant des signaux de détresse.

2 — Naufrage sur les côtes d'Irlande.

3 — Paysage. Porte de l'Ouillette, près la Grande Chartreuse.

4 — Intérieur de forêt.

5 — Mer agitée, falaises près Fécamp.

6 — Vue du château de Carlton, sur la Clyde (Écosse).

7 — Le port Franco (Venise).

8 — Paysage. Site près Baume-les-Bains.

9 — Un autre,   id.

10 — Le Déluge.

11 — Vue de la rivière de la Clyde.

12 — Un naufrage près du fort Wimereux, environs de Boulogne.

13 — Barque naufragée près Boulogne.

14 — La mer de glace (Suisse).

15 — Port d'Étretat.

16 — Bateau pêcheur échoué.

17 — Cabane de forestier.

18 — Chasse aux coqs de bruyère.

19 — Marine. Soleil couchant.

20 — Vue du château de Dumbarton.

21 — Chasse aux cerfs. Les Frossachs (Écosse).

22 — Navire échoué sur la Clyde. Clair de lune.

23 — Marine. Environs de Brest.

24 — Le lac de Brienz (Suisse).

25 — Le château d'Ice, près Boulogne.

26 — Intérieur de forêt, avec chute d'eau.

27 — Grand canal de Bruges. Effet d'hiver.

28 — Naufrages des navires *Williams* et *Mary*, sur les côtes de Boulogne.

29 — Vue du château de Ravensworth et Wolfs Craig (*Lucie de Lammermoor*, Walter Scott).

30 — Une vue du port de Rio-Janeiro.

31 — Entrée du même port.

32 — L'abbaye d'Hesden, près Boulogne.

33 — La chute de Handeck (Suisse).

34 — Forêt de Fontainebleau.

35 — Pêche au saumon. Argyleshire (Écosse).

36 — Le fort de Wimereux, près Boulogne.

37 — Le Mont Blanc. Soleil levant.

38 — Le Retour du marché. Soleil couchant.

39 — Paysage. Vue près Suffolck (Angleterre).

40 — Le Soir. Paysage.

41 — Le milieu du jour. Paysage.

42 — Ruines du château d'Areenchene, Ayrshire (Écosse).

43 — Marine. Côtes hollandaises.

44 — Bateau pêcheur rentrant au port.

45 — Paysage. Étude.

46 — Paysage. Site italien.

47 — Vallée de Stencher, Ayrshire (Écosse).

PASTELS ET DESSINS

48 — Paysage. Vue d'Écosse.   Pastel.

49 — Pêcheur de truites.   Id.

50 — Étude de ciel.   Id.

51 — Entrée de forêt. Coup de vent.   Id.

52 — Château et falaises de Dieppe.   Id.

53 — La porte de Scarbrough, Yorkshire (Angleterre). Pastel.

54 — Les jardins de l'Élysée. Fête donnée par l'Empereur au duc de Cambridge. Pastel.

55 — Paysage. Clair de lune.   Crayon.

56 — Étude faite à Étretat.   Id

57 — Un naufrage.   Id.

58 — Le Radeau.   Id.

59 — Château de Robert Bruce, sur la Clyde. Id.

60 — Une forêt de sapins. (Suisse). Crayon.

61 — Bateau à vapeur partant pour porter secours à un navire en danger.   Crayon.

62 — Château sur les bords du Rhin.   Id.

TABLEAUX PAR DIVERS

BRIGHT.

63 — Peintre anglais.

64 — Paysages. Pastels.

FATIO (Morel).

65 — Vue du port et de la ville d'Alger.

ISABEY (Eugène, d'après).

66 — Pont dominant un torrent (Suisse).

DEVRIES.

67 — Paysage avec chaumière, au centre duquel coule une rivière.

LOUTHERBOURG (Attribué à).

68 — Paysage. Gouache.

DÉSIGNATION

DU MOBILIER

Antichambre.

Deux rideaux de vitrage.

Deux rideaux formant portières, en reps, à plusieurs couleurs.

Deux chaises merisier, foncées de canne.

Console en acajou, dessus de marbre.

Petite bibliothèque, acajou, à porte vitrée.

Chambre servant d'atelier.

Deux rideaux en damas de laine jaune, avec embrasses.

Deux rideaux de vitrage, en mousseline.

Grande table carrée en acajou, pouvant servir à dessiner.

Une table, à découper, en acajou.

Deux petites chaises basses, l'une en damas, l'autre en étoffe algérienne.

Trois chevalets Bonhomme.

Salon.

Quatre rideaux en damas de laine jaune, avec leurs embrasses.

Feux en bronze, style Louis XV.

Pelles et pincettes.

Porte-pelle et pincettes, chenets, garde-feu.

Grande pendule, marbre et bronze, sujet représentant Louis XI et Quentin-Durward.

Deux candelabres en bronze, à quatre lumières.

Deux flambeaux en bronze.

Un meuble de salon, se composant de : dix chaises, quatre fauteuils, un canapé, le tout en acajou, et recouvert en velours grenat.

Quatre petites chaises volantes, en bois doré.

Trois consoles, en acajou.

Table à jeu, en acajou.

Petite table anglaise, en acajou.

Grande table ovale, à un pied, avec son tapis.

Deux petites tables-guéridons.

Tapis coin de feu, grand tapis de salon en moquette, coussins de tête et de pieds.

Objets d'étagère, dont deux petites jardinières en porcelaine du Japon, avec les armes de Louis XIV, deux vases en Sèvres moderne, tasses, soucoupes, bronzes, etc., etc.

Grand et beau plâtre, représentant la reine Victoria à cheval, par le comte d'Orsay.

Salle à manger.

Quatre rideaux en damas de laine verte.

Quatre rideaux de vitrage, en mousseline.

Feux en bronze, pelles et pincettes, en acier, fabrication anglaise.

Six chaises, acajou, recouvertes de velours vert.

Buffet à étagère en acajou.

Table à manger en acajou.

Grand bureau à caisse, en acajou.

Grande étagère acajou, pouvant servir de dressoir.

Écran.

Tapis de foyer, et grand tapis de salle à manger, en laine brochée.

Chambre à coucher.

Deux rideaux en damas de laine verte avec leurs embrasses.

Deux rideaux de vitrage en mousseline.

Feux en bronze, pelle et pincettes, chenets.

Lit en acajou.

Deux rideaux d'alcôve en damas de laine verte.

Table de nuit en acajou, à dessus de marbre.

Table carrée en acajou.

Petite table de toilette à dessus de marbre blanc.

Toilette duchesse, grande armoire à linge, en acajou.

Banquette en acajou recouverte en damas de laine verte.

Nécessaire de voyage en palissandre.

Quatre chaises merisier foncées de canne.

Tapis de foyer et tapis de chambre à coucher en laine.

Deuxième Chambre.

Quatre rideaux en damas de laine verte.

Quatre rideaux de vitrage en mousseline.

Feux en bronze, pelle et pincettes, chenets.

Deux chaises merisier foncées de canne.

Grand fauteuil anglais en acajou, recouvert en velours de laine rouge.

Table ronde en acajou

Commode acajou, à dessus de marbre.

Table de toilette à dessus de marbre blanc.

Lit en acajou.

Deux rideaux d'alcôve en damas de laine verte.

Table de nuit acajou, séchoir.

Tapis de foyer et tapis de chambre en laine verte

Meubles meublants, bonne literie de maîtres et de domestiques.

Bon nombre de livres anglais et autres, entre autres : Gibbon et Bordies, Antiquitier ; plusieurs petits modèles de vaisseaux dont l'un doublé de cuivre.

RENOU et MAULDE, imprimeurs de la Compagnie des Commissaires-Priseurs
rue de Rivoli, 144. — 2843

www.ingramcontent.com/pod-product-compliance
Lightning Source LLC
Chambersburg PA
CBHW061034090726
47597CB00014B/4241